AF815876

সত্যজিৎ রায়

প্রোফেসর শঙ্কুর অ্যাডভেঞ্চার

ইজিপ্সীয় আতঙ্ক

•

স্বপ্নদ্বীপ

ছবি : অভিজিৎ চট্টোপাধ্যায়

আনন্দ

প্রথম প্রকাশ জানুয়ারি ২০১৪
তৃতীয় মুদ্রণ মে ২০২৪

ISBN 9789350403686

প্রকাশক: আনন্দ পাবলিশার্স প্রাইভেট লিমিটেড
হেড অফিস: ৯, প্রফুল্ল সরকার স্ট্রিট, কলকাতা ৭০০০০১
রেজিস্টার্ড অফিস: ৪৫, বেনিয়াটোলা লেন, কলকাতা ৭০০ ০০৯

CIN: U22121WB1957PTC023534

মুদ্রক: নবমুদ্রণ প্রাইভেট লিমিটেড
সিপি ৪ সেক্টর ৫, সল্টলেক সিটি, কলকাতা ৭০০ ০৯১

EGYPTIYA ATANKA-SWAPNADWIP
[Comics]
by
Original Text: Satyajit Ray
Concept & Design: Abhijit Chattopadhyay

Published by Ananda Publishers Private Limited
45, Beniatola Lane, Calcutta 700 009

প্রোফেসর শঙ্কু ও ইজিপ্সীয় আতঙ্ক
উঃ!
TAXI

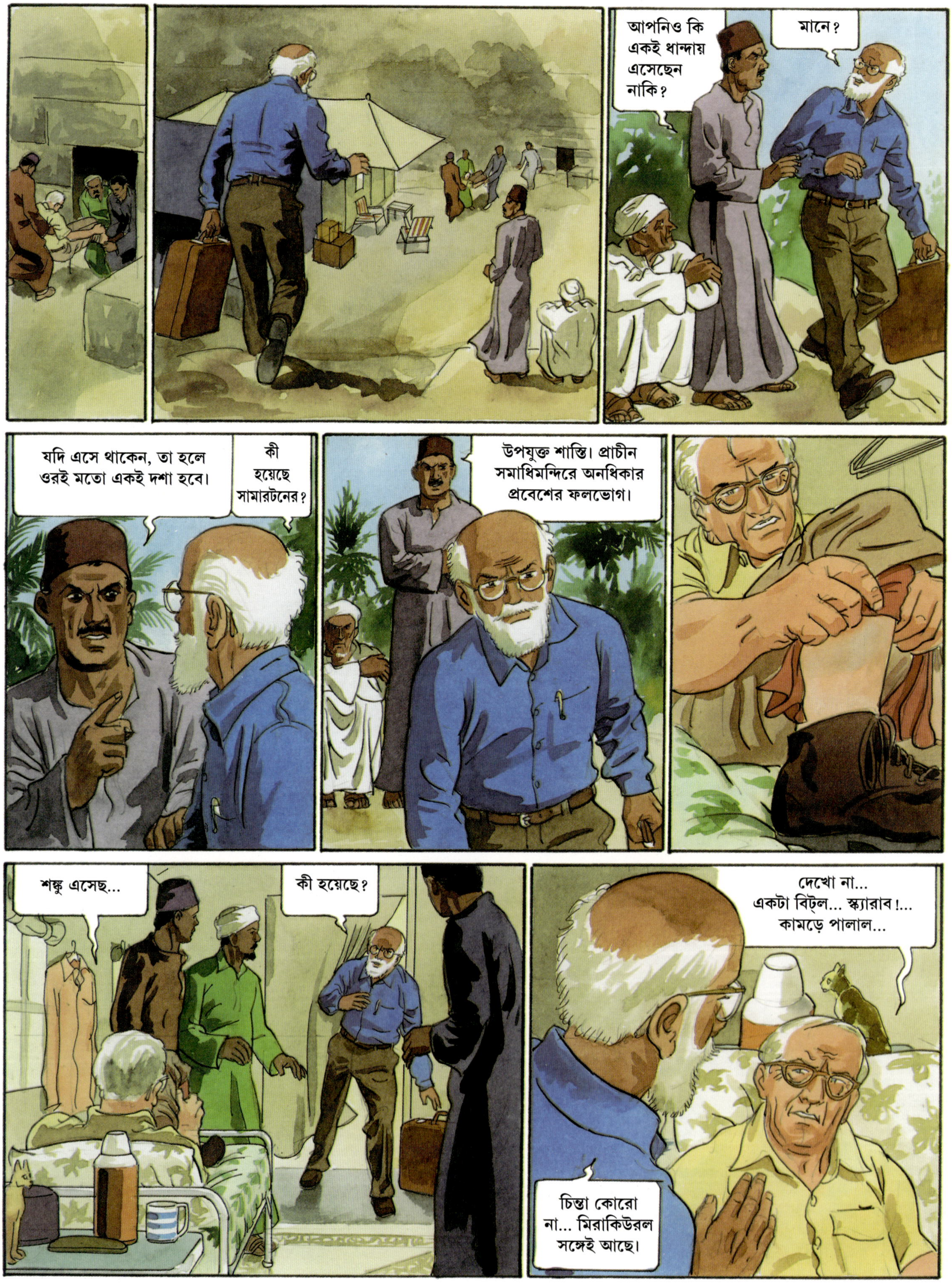

আপনিও কি একই ধান্দায় এসেছেন নাকি?
মানে?
যদি এসে থাকেন, তা হলে ওরই মতো একই দশা হবে।
কী হয়েছে সামারটনের?
উপযুক্ত শাস্তি। প্রাচীন সমাধিমন্দিরে অনধিকার প্রবেশের ফলভোগ।
শঙ্কু এসেছ...
কী হয়েছে?
দেখো না... একটা বিট্‌ল... স্ক্যারাব!... কামড়ে পালাল...
চিন্তা কোরো না... মিরাকিউরল সঙ্গেই আছে।

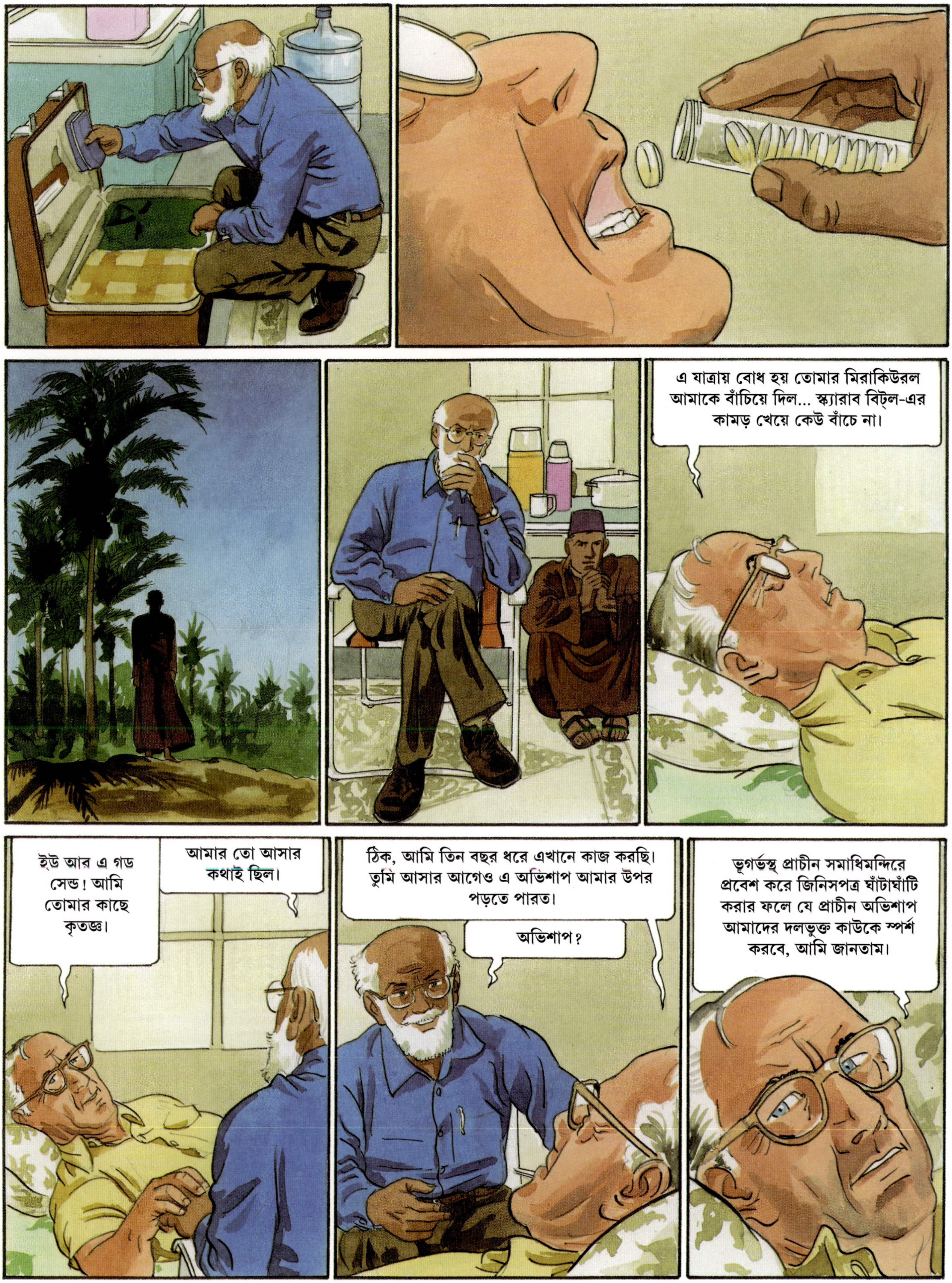
এ যাত্রায় বোধ হয় তোমার মিরাকিউরল আমাকে বাঁচিয়ে দিল... স্ক্যারাব বিট্‌ল-এর কামড় খেয়ে কেউ বাঁচে না।
ইউ আর এ গড সেন্ড! আমি তোমার কাছে কৃতজ্ঞ।
আমার তো আসার কথাই ছিল।
ঠিক, আমি তিন বছর ধরে এখানে কাজ করছি। তুমি আসার আগেও এ অভিশাপ আমার উপর পড়তে পারত।
অভিশাপ?
ভূগর্ভস্থ প্রাচীন সমাধিমন্দিরে প্রবেশ করে জিনিসপত্র ঘাঁটাঘাঁটি করার ফলে যে প্রাচীন অভিশাপ আমাদের দলভুক্ত কাউকে স্পর্শ করবে, আমি জানতাম।

তুমি একটু বিশ্রাম নাও। জায়গাটা একটু ঘুরে দেখি।
বেশ, ডিনারে দেখা হবে।
প্রাচীন শহর বুবাসটিস ছিল এক কাল্ট সেন্টার। সারা ইজিপ্ট থেকে তীর্থযাত্রী এখানে এসে বেড়ালদেবী বাসটেট-এর পুজো করত।
?
তোমাকে ভারতীয় বলে মনে হচ্ছে, তবে এই শ্বেতাঙ্গ বর্বরদের দলে ভিড়লে কেন? আমাদের দেশের সব পবিত্র জিনিস নিয়ে তোমাদের এত কী মাথাব্যথা?

কেন, তাতে কী হয়? প্রাচীন জিনিস নিয়ে মাথা ঘামালেই কি তার প্রতি অশ্রদ্ধা প্রকাশ করা হয়? প্রাচীন ইজিপ্সীয় সভ্যতার প্রতি কতখানি শ্রদ্ধা নিয়ে এ দেশে এসেছি জান?
শ্রদ্ধা এক জিনিস, আর মাটি খুঁড়ে পবিত্র সমাধিকক্ষে প্রবেশ করে মৃত ব্যক্তির আত্মার অবমাননা করা আর-এক জিনিস।
তোমার এত রাগের কারণটা কী?
আমার পূর্বপুরুষের সমাধিকক্ষ খুঁড়েছে ও।
হাঃ হাঃ। চার হাজার বছর আগের সমাধিকক্ষে তোমার পূর্বপুরুষের সমাধি? দেখছি তোমার চোদ্দোশো পুরুষ অবধি খবর রাখো।
রাখি কি না রাখি, তা ওই সব মন্দিরে আর-একটু ঘোরাঘুরি করলেই টের পাবে।

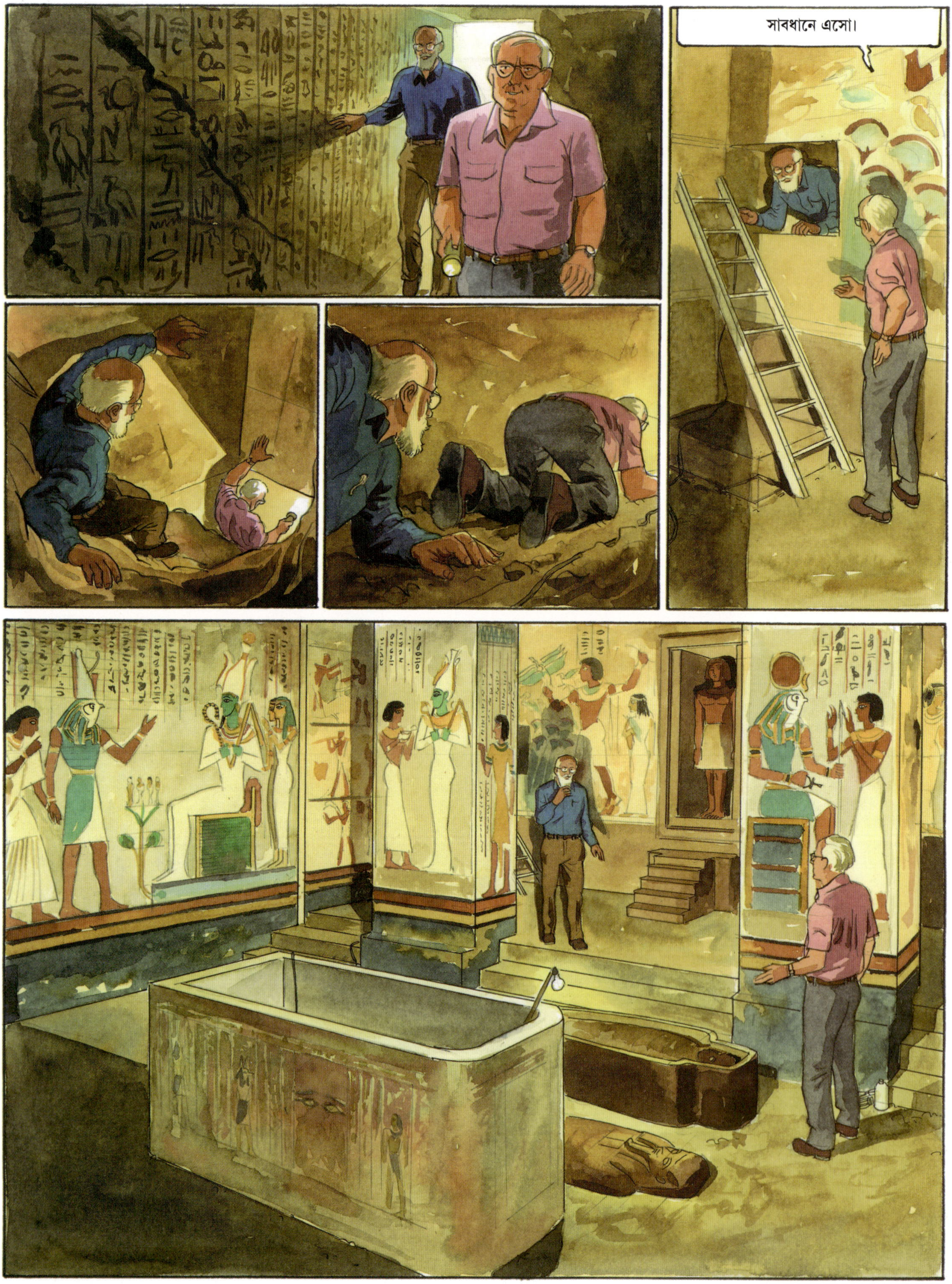
সাবধানে এসো।

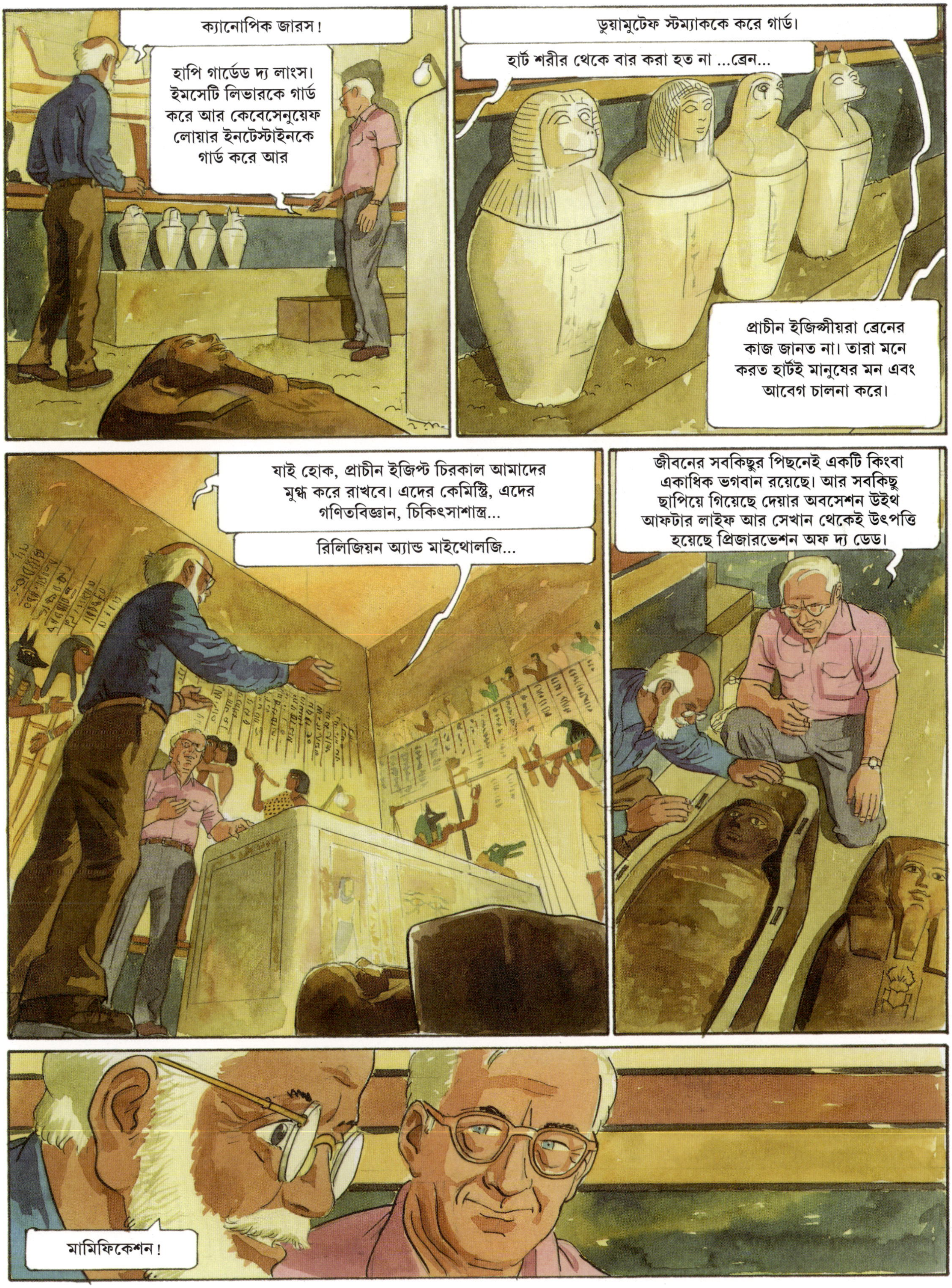

ক্যানোপিক জারস!
হাপি গার্ডেড দ্য লাংস। ইমসেটি লিভারকে গার্ড করে আর কেবেসেনুয়েফ লোয়ার ইনটেস্টাইনকে গার্ড করে আর
ডুয়ামুটেফ স্টম্যাককে করে গার্ড।
হার্ট শরীর থেকে বার করা হত না ...ব্রেন...
প্রাচীন ইজিপ্সীয়রা ব্রেনের কাজ জানত না। তারা মনে করত হার্টই মানুষের মন এবং আবেগ চালনা করে।
যাই হোক, প্রাচীন ইজিপ্ট চিরকাল আমাদের মুগ্ধ করে রাখবে। এদের কেমিস্ট্রি, এদের গণিতবিজ্ঞান, চিকিৎসাশাস্ত্র...
রিলিজিয়ন অ্যান্ড মাইথোলজি...
জীবনের সবকিছুর পিছনেই একটি কিংবা একাধিক ভগবান রয়েছে। আর সবকিছু ছাপিয়ে গিয়েছে দেয়ার অবসেশন উইথ আফটার লাইফ আর সেখান থেকেই উৎপত্তি হয়েছে প্রিজারভেশন অফ দ্য ডেড।
মামিফিকেশন!

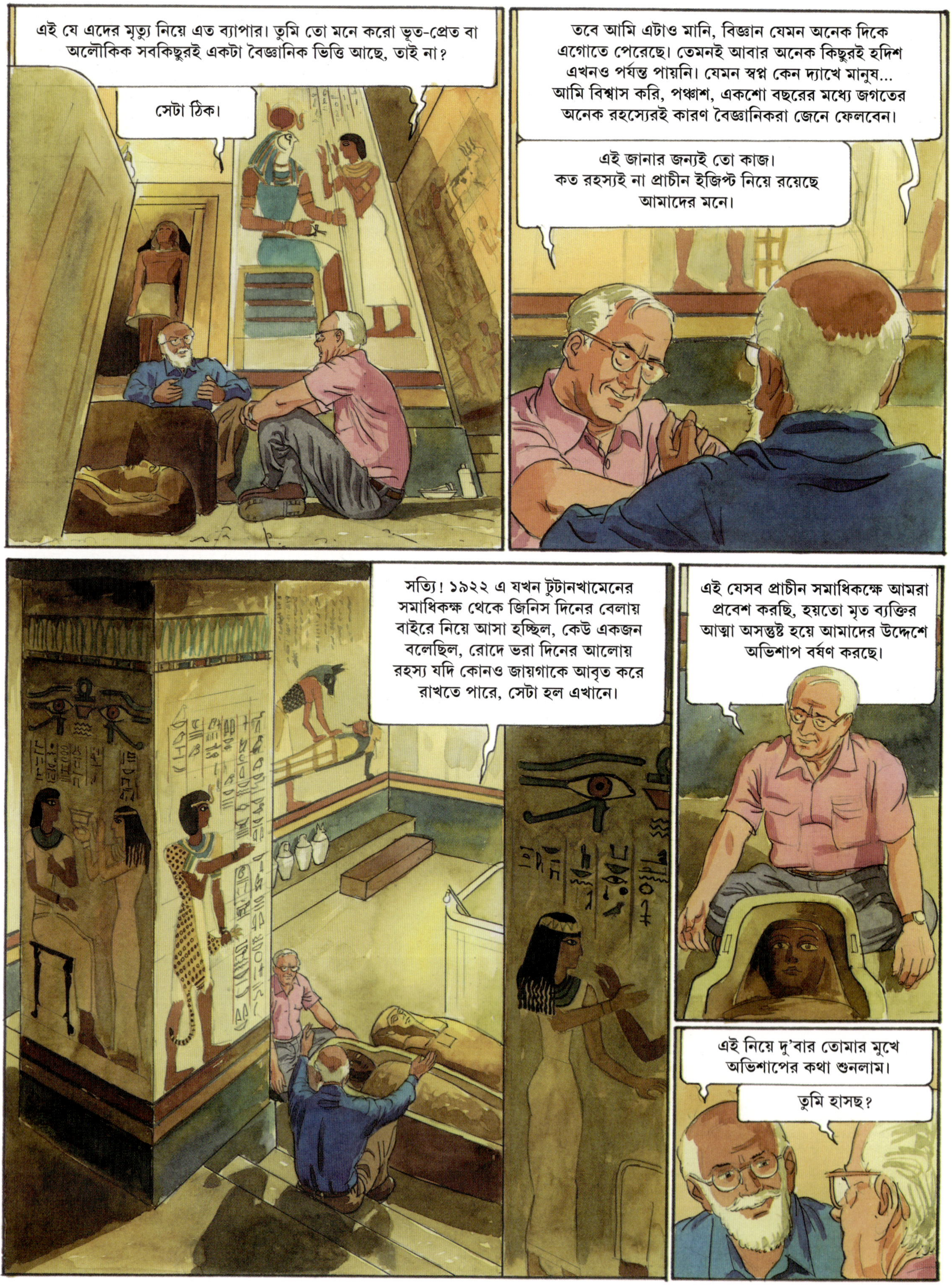
এই যে এদের মৃত্যু নিয়ে এত ব্যাপার। তুমি তো মনে করো ভূত-প্রেত বা অলৌকিক সবকিছুরই একটা বৈজ্ঞানিক ভিত্তি আছে, তাই না?
সেটা ঠিক।
তবে আমি এটাও মানি, বিজ্ঞান যেমন অনেক দিকে এগোতে পেরেছে। তেমনই আবার অনেক কিছুরই হদিশ এখনও পর্যন্ত পায়নি। যেমন স্বপ্ন কেন দ্যাখে মানুষ... আমি বিশ্বাস করি, পঞ্চাশ, একশো বছরের মধ্যে জগতের অনেক রহস্যেরই কারণ বৈজ্ঞানিকরা জেনে ফেলবেন।
এই জানার জন্যই তো কাজ। কত রহস্যই না প্রাচীন ইজিপ্ট নিয়ে রয়েছে আমাদের মনে।
সত্যি! ১৯২২ এ যখন টুটানখামেনের সমাধিকক্ষ থেকে জিনিস দিনের বেলায় বাইরে নিয়ে আসা হচ্ছিল, কেউ একজন বলেছিল, রোদে ভরা দিনের আলোয় রহস্য যদি কোনও জায়গাকে আবৃত করে রাখতে পারে, সেটা হল এখানে।
এই যেসব প্রাচীন সমাধিকক্ষে আমরা প্রবেশ করছি, হয়তো মৃত ব্যক্তির আত্মা অসন্তুষ্ট হয়ে আমাদের উদ্দেশে অভিশাপ বর্ষণ করছে।
এই নিয়ে দু'বার তোমার মুখে অভিশাপের কথা শুনলাম।
তুমি হাসছ?

না, আমি ভাবছি ও জেনে কী ভাবত যে স্বয়ং বৈজ্ঞানিকরাও প্রাচীন অভিশাপে বিশ্বাস করে।
কে বলো তো?
এক ঢ্যাঙা পাগল ধরে খুব হুমকি-টুমকি দিল।
আরে ও তো প্রথম দিন থেকেই আমার পিছনে লেগেছে। ও আর কিছু না, আসলে অনেক সময়ই মূল্যবান গয়নাগাটি পাওয়া যায়। অভিশাপের ভয় দেখিয়ে যদি কিছু আদায় করে নিতে পারে।
শঙ্কু, তোমার তো মামি নিয়ে গবেষণা করার ইচ্ছে আছে। তোমাকে যদি একটা মামি দিই, তুমি খুশি হবে?
আমার এক্সপেরিমেন্টের জন্য একটা নিজস্ব মামি নিয়ে দেশে ফিরতে পারব, এ আমার স্বপ্নের অতীত।
তুমি কী চাও? বেড়াল না মানুষ?
আমার পোষা বেড়াল নিউটনের কথা ভেবে মনে হয় ও প্রাচীন বেড়াল মামি অ্যাকসেপ্ট নাও করতে পারে। মানুষই প্রেফার করব।
থ্যাঙ্কস আবদুল।
বেশ, বেড়ালের কবরস্থানের কাছেই একটা সমাধিকক্ষ আবিষ্কার করেছি। সেখানকার একটা মামি দেব তোমায়। এদের মৃত্যুর ব্যাপারে কোনও রহস্য আছে। সেটা এখনও বুঝে উঠতে পারেনি।

এদের প্যাপাইরাস-এ যে হাইরোগ্লিফিক লেখা আছে, তার মধ্যে একটা যেন বিশেষত্ব আছে। এর পাঠোদ্ধার করে তোমাকে জানিয়ে দেব। তোমার ফাইন্ডিংস আমাকে জানিয়ে দিয়ো।
তা হলে আর ইজিপ্টে থাকার কোনও প্রয়োজন নেই। যত তাড়াতাড়ি দেশে ফিরে কাজ শুরু করে দিতে পারি ততই মঙ্গল।
আমার গভর্নমেন্ট লেভেলে জানাশোনা আছে। ইজিপ্ট থেকে ভারতে মামি নিয়ে যেতে কোনও অসুবিধা হবে না।
দু'দিনেই সব ব্যবস্থা হয়ে গিয়েছে। কালই দেশে ফিরব
শহরের পাথর পরে অন্য জায়গায় কাজে লাগানো হয়েছে। রয়ে গিয়েছে নেফদৎ-এর এই রিলিফ থামের অংশ।
সেই আমারই পূর্বপুরুষের মৃতদেহ নিয়ে চলেছে নিজের দেশে। এর জন্য শাস্তি ভোগ করতে হবে।

ওঁও!
এর প্রতিশোধ আমি নিজে নেব।
নিজে স্বহস্তে এই অপরাধের শোধ তুলব।
আমি ছাড়ব না... প্রতিশোধ নেবই!
ঠিক আছেন প্রোফেসর?
হ্যাঁ, থ্যাঙ্কস আবদুল।
CAIRO INTERNATIONAL AIRP
TERMINAL 1
PUBLIC HALL
EGYPTA
?

এই যে এই ঘরে।

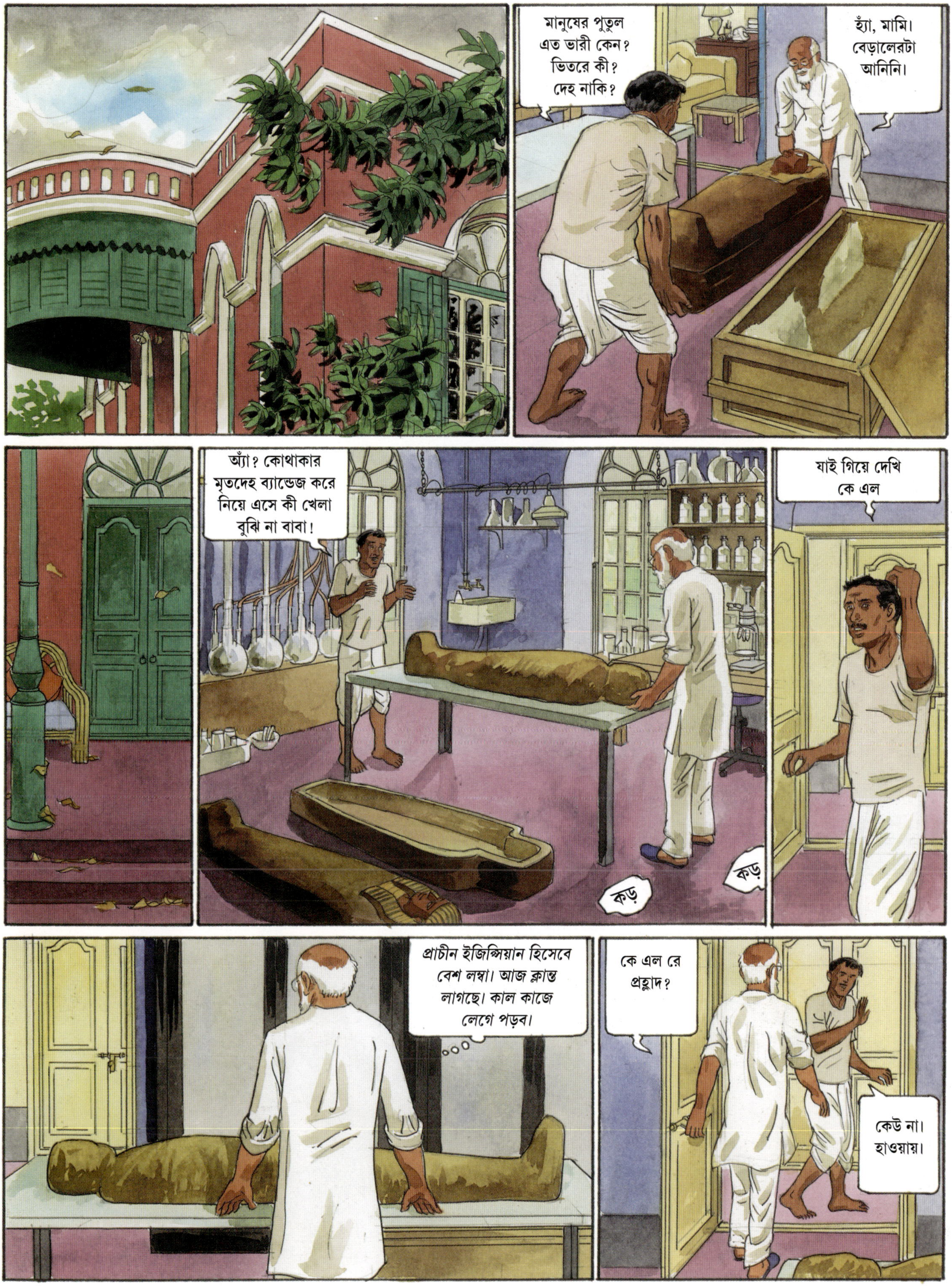
মানুষের পুতুল এত ভারী কেন? ভিতরে কী? দেহ নাকি?
হ্যাঁ, মামি। বেড়ালেরটা আনিনি।
অ্যাঁ? কোথাকার মৃতদেহ ব্যান্ডেজ করে নিয়ে এসে কী খেলা বুঝি না বাবা!
কড়
কড়
যাই গিয়ে দেখি কে এল
প্রাচীন ইজিপ্সিয়ান হিসেবে বেশ লম্বা। আজ ক্লান্ত লাগছে। কাল কাজে লেগে পড়ব।
কে এল রে প্রহ্লাদ?
কেউ না। হাওয়ায়।

কড়
দুম
ঝাপ
দুম
ঝাপ
কড়
গিরিডি শহরে এত বড় পায়ের ছাপ কার হতে পারে?

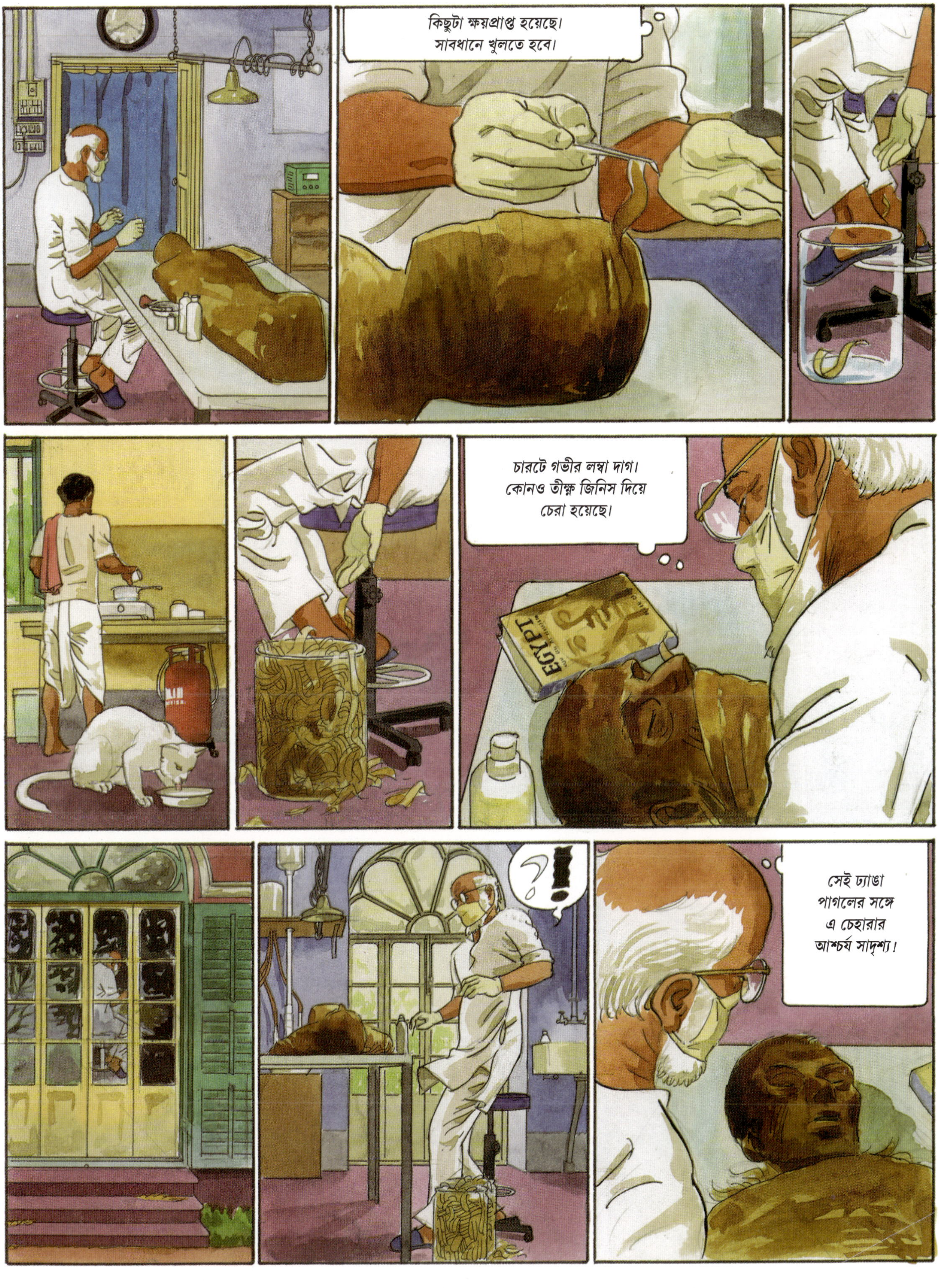
কিছুটা ক্ষয়প্রাপ্ত হয়েছে।
সাবধানে খুলতে হবে।
চারটে গভীর লম্বা দাগ।
কোনও তীক্ষ্ণ জিনিস দিয়ে
চেরা হয়েছে।
EGYPT
?
!
সেই ঢ্যাঙা
পাগলের সঙ্গে
এ চেহারার
আশ্চর্য সাদৃশ্য!

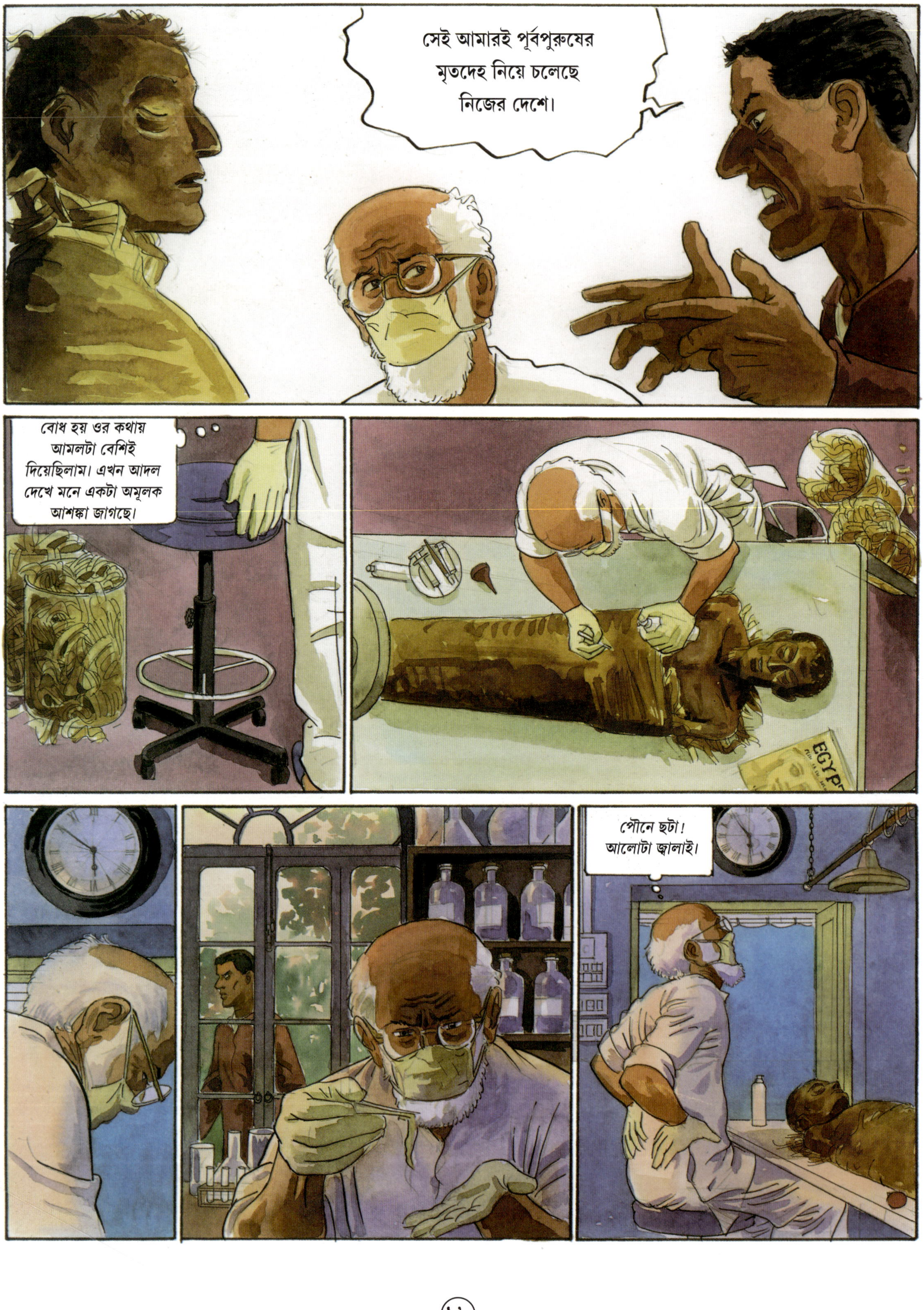
সেই আমারই পূর্বপুরুষের মৃতদেহ নিয়ে চলেছে নিজের দেশে।
বোধ হয় ওর কথায় আমলটা বেশিই দিয়েছিলাম। এখন আদল দেখে মনে একটা অমূলক আশঙ্কা জাগছে।
পৌনে ছটা! আলোটা জ্বালাই।

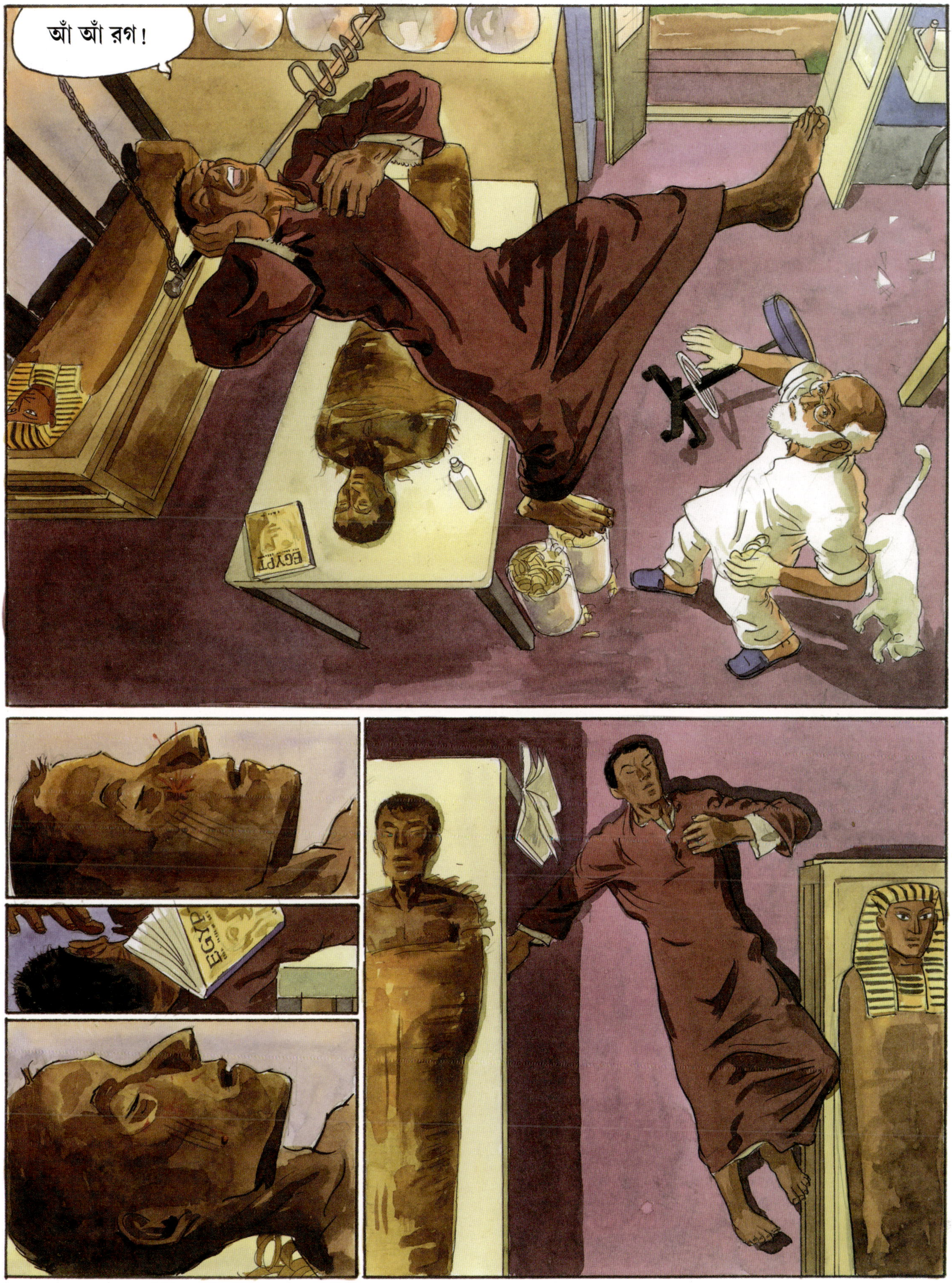
আঁ আঁ রগ!
EGYPT

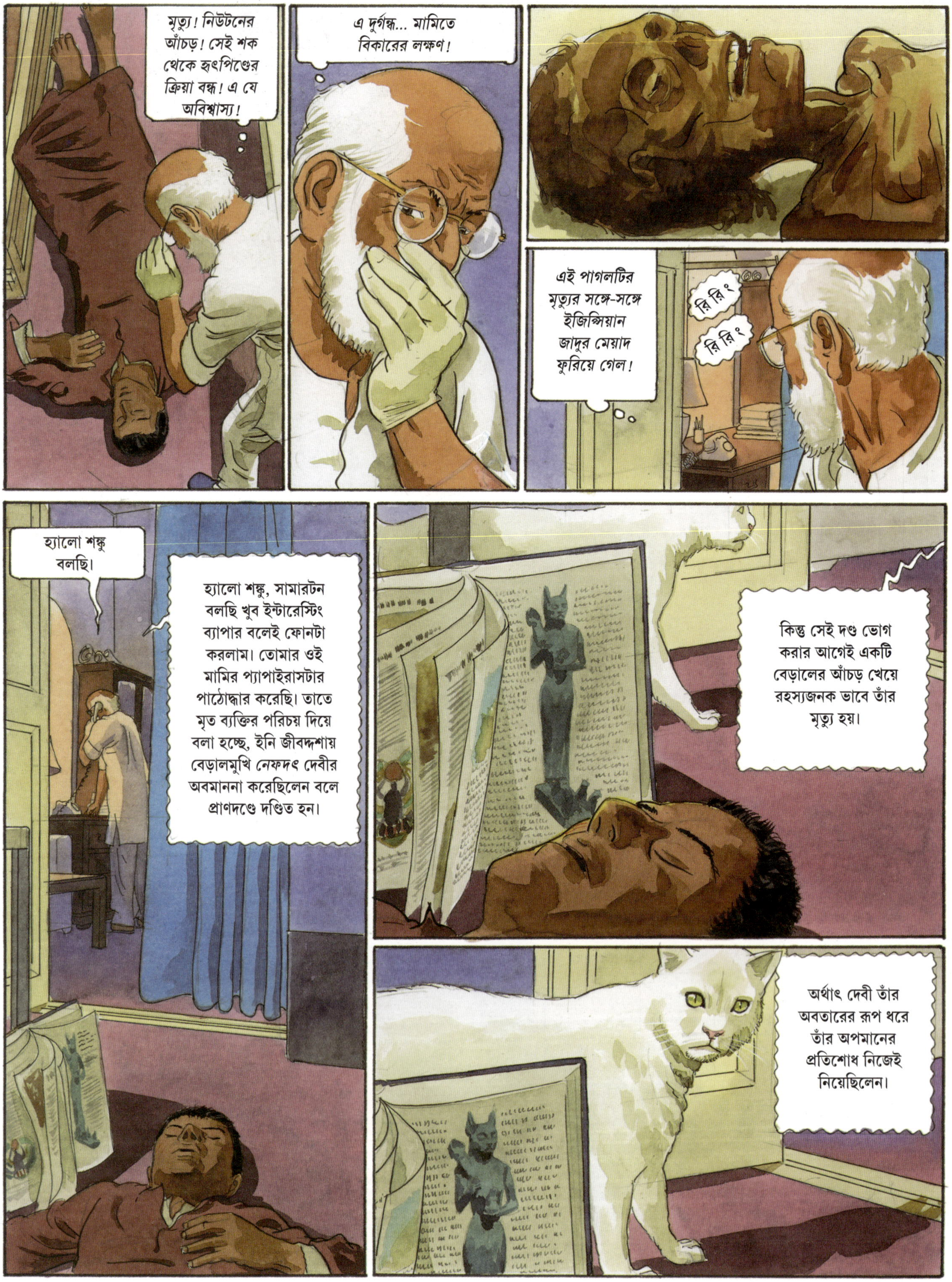
মৃত্যু! নিউটনের আঁচড়! সেই শক থেকে হৃৎপিণ্ডের ক্রিয়া বন্ধ! এ যে অবিশ্বাস্য!
এ দুর্গন্ধ... মামিতে বিকারের লক্ষণ!
এই পাগলটির মৃত্যুর সঙ্গে-সঙ্গে ইজিপ্সিয়ান জাদুর মেয়াদ ফুরিয়ে গেল!
রি রিং
রি রিং
হ্যালো শঙ্কু বলছি।
হ্যালো শঙ্কু, সামারটন বলছি খুব ইন্টারেস্টিং ব্যাপার বলেই ফোনটা করলাম। তোমার ওই মামির প্যাপাইরাসটার পাঠোদ্ধার করেছি। তাতে মৃত ব্যক্তির পরিচয় দিয়ে বলা হচ্ছে, ইনি জীবদ্দশায় বেড়ালমুখি নেফদৎ দেবীর অবমাননা করেছিলেন বলে প্রাণদণ্ডে দণ্ডিত হন।
কিন্তু সেই দণ্ড ভোগ করার আগেই একটি বেড়ালের আঁচড় খেয়ে রহস্যজনক ভাবে তাঁর মৃত্যু হয়।
অর্থাৎ দেবী তাঁর অবতারের রূপ ধরে তাঁর অপমানের প্রতিশোধ নিজেই নিয়েছিলেন।

সমাপ্ত

স্বপ্নদ্বীপ
স্বপ্ন না সত্যি?
পরপর তিন রাত একই জায়গার স্বপ্ন? এ পৃথিবীতে এমন অদ্ভুত গাছপালা আছে বলে মনে হয় না।

SHANKU
নিউটন!

ফ্লোরোনা
ফ্লোরোনা
ফ্লোরোনা
ল্যাটিচিউড সিক্সটিন নর্থ,
লঙ্গিচিউড ওয়ান
থার্টি-সিক্স ইস্ট
ফিলিপিন্স থেকে পূর্ব দিকে... কাছেই
মারিয়ানা ট্রেঞ্চ পৃথিবীর গভীরতম জায়গা !
PHILIPPIN
SEA
Quezon City
MANILA
PHILIPPINES
MINDANAO
Davao

কী ব্যাপার বলুন তো? পরশু নিউটন... আজ আপনি? কিন্তু আশ্চর্য! এতটা লাফালেন অথচ?
আমার চটির সোলটা শ্যাঙ্কোভাইট দিয়ে তৈরি।

শ্যাঙ্কোভাইট?
শ্যাঙ্কোভাইট আমার তৈরি ধাতু, যে ধাতুর কোনও ওজন নেই। সেদিন নিউটনের পায়েও পরানো ছিল।
তা...তা ওজন না থেকে হবেটা কী?
এই অ্যান্টি-গ্র্যাভিটি ধাতুর সাহায্যে ছোটখাটো উড়োজাহাজ তৈরি করেছি।
অনেক দিন কোথাও যাওয়া হয়নি।
শ্যাঙ্কোপ্লেন!
প্লেন তো সবসময়ই ক্র্যাশ করছে। আপনার প্লেনের সে সম্ভাবনা আছে কি?
সবসময় ক্র্যাশ করে না। দেখলেন তো, শ্যাঙ্কোভাইট কখনও মাটিতে আছড়ে পড়বে না।
এমনিতে এরোপ্লেন চড়ার কোনও শখ নেই আমার। তবে আপনি যখন বলছেন ক্র্যাশ করবে না, তখন যেখানেই যেতে চান চলুন, আমি সঙ্গে আছি। তা কোথায় যাচ্ছেন?
ল্যাটিচিউড সিক্সটিন নর্থ, লঙ্গিচিউড ওয়ান থার্টি সিক্স ইস্ট!
এসব ল্যাটাচি-লঙাচি রাখুন মশাই।
আপনার ব্যাঙাচির মধ্যে আমার অ্যাটাচির জায়গা হবে কিনা বলুন। আপনি সিট তো দু'টো করেছেন...

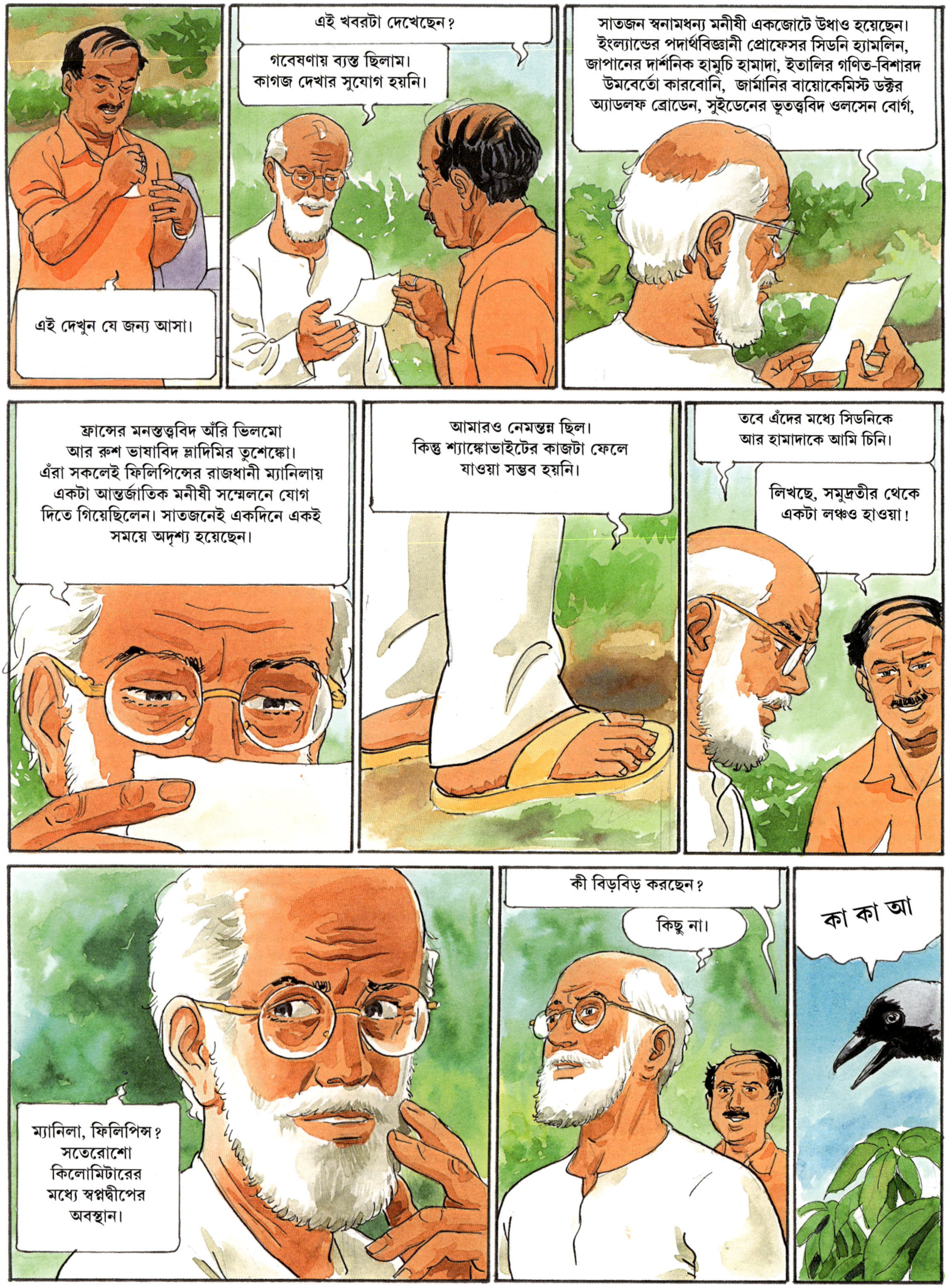
এই দেখুন যে জন্য আসা।
এই খবরটা দেখেছেন?
গবেষণায় ব্যস্ত ছিলাম। কাগজ দেখার সুযোগ হয়নি।
সাতজন স্বনামধন্য মনীষী একজোটে উধাও হয়েছেন। ইংল্যান্ডের পদার্থবিজ্ঞানী প্রোফেসর সিডনি হ্যামলিন, জাপানের দার্শনিক হামুচি হামাদা, ইতালির গণিত-বিশারদ উমবের্তো কারবোনি, জার্মানির বায়োকেমিস্ট ডক্টর অ্যাডলফ ব্রোডেন, সুইডেনের ভূতত্ত্ববিদ ওলসেন বোর্গ,
ফ্রান্সের মনস্তত্ত্ববিদ আঁরি ভিলমো আর রুশ ভাষাবিদ ভ্লাদিমির তুশেঙ্কো। এঁরা সকলেই ফিলিপিন্সের রাজধানী ম্যানিলায় একটা আন্তর্জাতিক মনীষী সম্মেলনে যোগ দিতে গিয়েছিলেন। সাতজনেই একদিনে একই সময়ে অদৃশ্য হয়েছেন।
আমারও নেমন্তন্ন ছিল। কিন্তু শ্যাঙ্কোভাইটের কাজটা ফেলে যাওয়া সম্ভব হয়নি।
তবে এঁদের মধ্যে সিডনিকে আর হামাদাকে আমি চিনি।
লিখছে, সমুদ্রতীর থেকে একটা লঞ্চও হাওয়া!
ম্যানিলা, ফিলিপিন্স? সতেরোশো কিলোমিটারের মধ্যে স্বপ্নদ্বীপের অবস্থান।
কী বিড়বিড় করছেন?
কিছু না।
কা কা আ

কা
কা আ
বাই বাই নিউটন!
কা কা
বাই বাই প্রহ্লাদ!
এ যেন স্বপ্ন!
কতটা সত্যি বললেন পরে টের পাবেন।

শকুন !
বাঘের শিকারে ভাগ বসাতে এসেছে।
বা বাঘ !
ওই ঝোপের পিছনে দেখুন।
আবার ওদের সঙ্গে নীচে নেমে যাচ্ছেন কেন ?
কেন পৃথিবীর বৃহত্তম ডেল্টা একটু কাছ থেকে দেখার ইচ্ছে নেই আপনার ?
বাঘ শকুনকেও ছাড়ে না !

গঁর র র
এঁ এই...ঘুমিয়ে পড়েছিলাম। বাঘ-টাঘ কিছু মিস করলাম নাকি?
আপনি কি খেয়াল করেছেন যে, একজন সাধারণ মানুষ তার জীবনের তিন ভাগের এক ভাগ ঘুমিয়ে কাটায়?
একেবারে তিন ভাগের এক ভাগ শুধু ঘুমিয়ে কাটিয়েছি?
আপনি রাতে কখন ঘুমোন?
দশটা-সাড়ে দশটা।
আর ওঠেন?
ঘড়ি ধরে ছ'টা।
তার মানে আট ঘণ্টা। চব্বিশ ঘণ্টার তিন ভাগের এক ভাগ।
সময়ের কী ওয়েস্ট! তিন ভাগের এক ভাগ জীবন স্রেফ ঘুমিয়ে নষ্ট করা।

পায়ে ঝিঁঝি ধরে গিয়েছে।
এটা কী ফুল?
পৃথিবীর বৃহত্তম ফুল র‍্যাফলেসিয়া আরনলডি সুমাত্রা। বোর্নিওর এই অঞ্চলে পাওয়া যায়।
বৃহত্তম ডেল্টা! বৃহত্তম ফুল! ওঃ! এই জন্যেই তো আসা...
!
বৃহত্তম বাদুড়!
ফ্লাইং লেমার বা কলুগো।

এটা কী? এটা আবার কোথা থেকে উদয় হল?
স্লো লরিস! এই অঞ্চলের স্থায়ী বাসিন্দা। আমরাই ওর জায়গায় উদয় হয়েছি বলতে পারেন।

আপনার বটিকা ইভিকা খেয়ে মুখে চড়া পড়ে গিয়েছে... ওরকম নিস্তেজ কেন বলুন তো?
এর স্বভাবই ওরকম ঢিমে। তাই নাম 'স্লো লরিস'।
বাই ঢিমু।
গঁররর

ল্যাটিচিউড সিক্সটিন নর্থ, লঙ্গিচিউড ওয়ান থার্টি সিক্স ইস্ট-এর কাছে এসে গিয়েছি।
কী দেখছেন?
স্বপ্ন!
অ্যাঁ?
আপনি দেখুন।
একটা রামধনুর টুকরো মনে হচ্ছে। এত জঙ্গল, দ্বীপ, গাছপালা দেখলুম...
এরকম তো চোখে পড়েনি কিছু...

মাটিটা লক্ষ করুন, বেগুনি!
বালির চেয়ে অন্তত চার গুণ বড় দানা। লাল আর নীল রঙের। দূর থেকে একাকার হয়ে বেগুনিতে পরিণত হচ্ছে।
অসম্ভব ভারী। হাত টনটন করছে। এ কোথায় এলাম মশাই?
স্বপ্নদ্বীপ! ল্যাটিটিউড ষোলো নর্থ লঙ্গিচিউড একশো ছত্রিশ ইস্ট।
অ্যাঁ?
যাওয়ার সময় সঙ্গে কিছু চারা নিয়ে যাবেন। বাগানে দু'-একটা গাছ গজাতে পারলে বাহার হবে।
হি হি হি হি ইই

মনটা কীরকম হালকা হয়ে গিয়েছে। মাথাটাও হালকা লাগছে। আমার যাবতীয় বৈজ্ঞানিক সমস্যা। অঙ্কের হিসেব আর ফরমুলা, সবই যেন অন্য জগতের অন্য আর-এক যুগের জিনিস বলে মনে হচ্ছে।
এদিকের ফুল, গাছ যেন শুকিয়ে গিয়েছে। দ্বীপের অন্য দিকটায় রঙের ছড়াছড়ি।
অবিনাশবাবু উঠে পড়ুন। ওদিকটায় গিয়ে দেখা যাক।
আহা, কী রং, কী জেল্লা!

কী আশ্চর্য! ফুল-ফলের এত প্রাচুর্য
সত্ত্বেও কোনও প্রকার গন্ধ নেই।
না দুর্গন্ধ না সুগন্ধ!
চশমা?
অ্যাই!
এটা সিডনির
চশমা।
?
হামাদা!
হামাদা!

?
কী বুঝছেন?
?!
বা বা ব্ল্যাকশিপ হ্যাভ
ইউ এনি উল?
ইয়েস স্যার, ইয়েস স্যার, থ্রি ব্যাগ্স ফুল!

হ্যামলিন, হাউ গ্ল্যাড আই অ্যাম টু সি ইউ এগেন!
হিয়ার আর ইয়োর গ্লাসেস, থ্যাঙ্ক গড, ইটস নট ব্রোকেন!
জ্যাক অ্যান্ড জিল ওয়েন্ট আপ দ্য হিল টু ফেচ এ পেল অফ ওয়াটার জ্যাক ফেল ডাউন অ্যান্ড ব্রোক হিজ ক্রাউন।
?
অ্যান্ড জিল কেম টামব্লিং আফটার।

মশাই, এই সবের অর্থ কী? এঁদের তো সেই সাত জন মনীষী বলে মনে হচ্ছে। এরকম নির্বোধ শিশুর মতো আচরণ করছেন কেন?
আমায় ডাকছে।
?!

হি হি হু হু হু হু
শঙ্কু মহাশয়, কোথায় গেলেন?
এই যে... কী করছেন?

?
একটা গাছ থেকে আর-একটা গাছ।

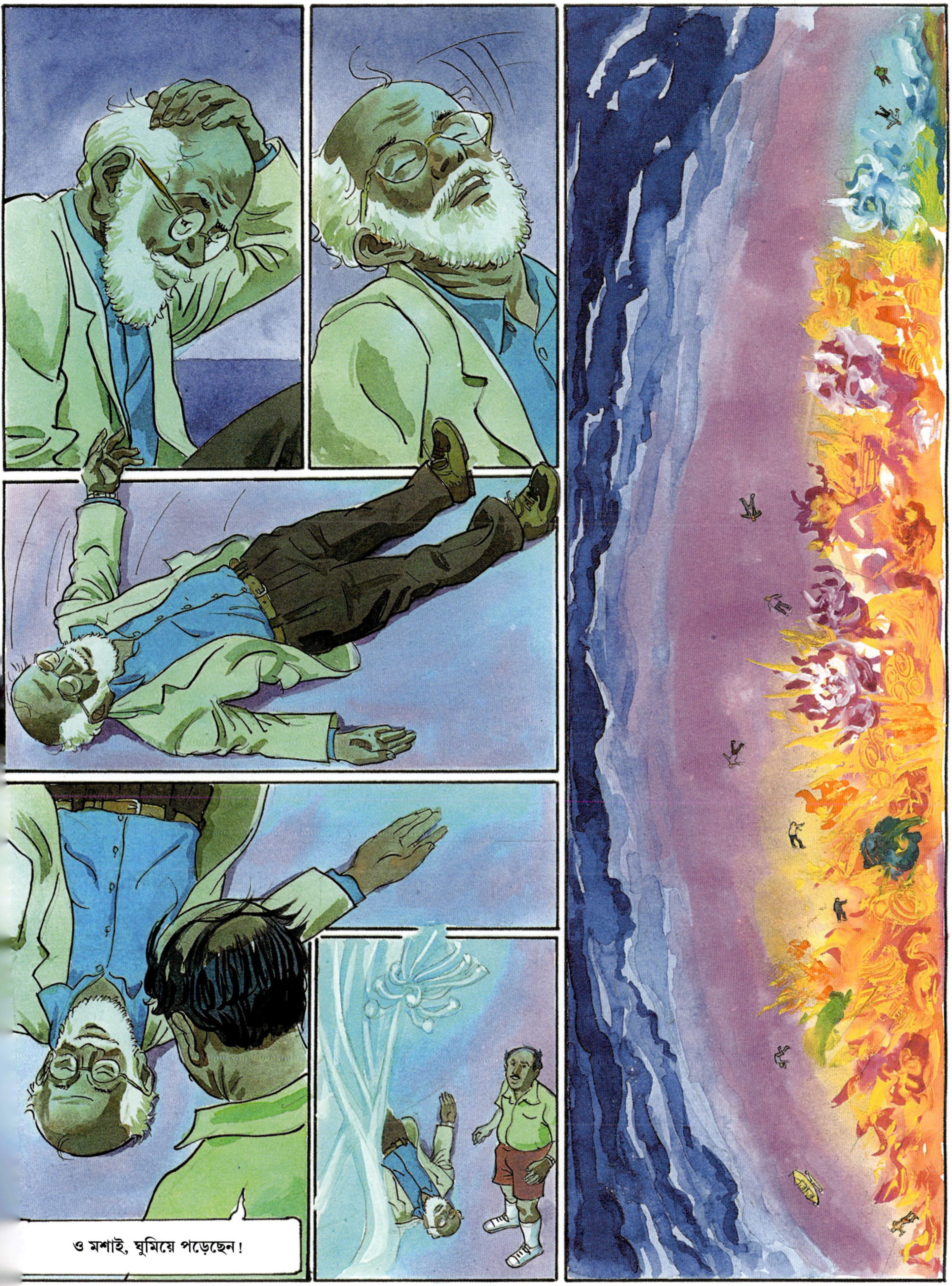
ও মশাই, ঘুমিয়ে পড়েছেন!

শঙ্কু মহাশয়ের সঙ্গে দেশভ্রমণের বাসনা বোধ হয় চিরকালের জন্য মিটল।
ভূমিকম্প!

শুধু প্রোফেসর শঙ্কুর বন্ধু অবিনাশবাবু সম্পূর্ণ সুস্থ ছিলেন। এই আট জন ছাড়াও আরও বহু পণ্ডিত ব্যক্তি ওই সময় একই স্বপ্ন দেখে ফ্লোরোনায়
যাওয়ার জন্য ছটফট করেছিলেন। কিন্তু অনেকের পক্ষে ওই বেয়াড়া জায়গায় পৌঁছনোর কোনও উপায় ছিল না। তাঁদের কাছ থেকেই ফ্লোরোনার অবস্থান মেনে রেসকিউ টিম ঠিক শেষ মুহূর্তে
এই ন'জনকে উদ্ধার করতে পেরেছে। তবে ফ্লোরোনার অনেক রহস্যই আজও রহস্য রয়ে গেল। কেন এই পণ্ডিতরা ওই দ্বীপে গিয়ে নির্বোধ শিশুর মতো আচরণ করছেন।
(যদিও অনেকেই এই তিন মাসে হারানো বুদ্ধির অনেকটাই ফিরে পেয়েছেন।) কী করে একটা দ্বীপ সমুদ্রে গজিয়ে উঠে আবার তলিয়ে গেল কোনও চিহ্ন না রেখে...
বহু বৈজ্ঞানিক এই তিন মাসে অনেক পরীক্ষা করেও সমুদ্রগর্ভে ফ্লোরোনার একটা টুকরোও খুঁজে পাননি।
সেই ফ্লোরোনার এক টুকরো। কিছু বুঝলেন?
এই ফুল যখন আপনার মাথায় চেপে বসেছিল না... এক বীভৎস ব্যাপার!
এই পাপড়ির অ্যানাটমি অবিশ্বাস্য রকম জটিল। প্রায় একজন মানুষের মস্তিষ্কে যে ধরনের জটিলতা থাকে, এরও তাই।

আমার মনে হয় ফ্লোরোনা কোনও দ্বীপ নয়।
অন্য সৌরজগৎ থেকে আসা গ্রহের অংশ।
এমনকী, রকেট জাতীয়ও কিছু হতে পারে।
হি ই ই
রঙে কি সামান্য পরিবর্তন...
হি ই ই
আবার!
আপনার হনলুলু দিয়ে ওটাকে হাওয়া করুন।
আমার অ্যানাইহিলিনকে হনলুলু বলেন অবিনাশবাবু।
দেরি করবেন না...হাওয়া করুন
এবার থেকে দিনে দশ ঘণ্টা ঘুমোব।
হঠাৎ এ কথা কেন?
রাত জেগে বই পড়ে মাথাটাকে জ্ঞানের ডিপো করে জীবনটাকে খোয়াতে বসেছিলেন।
যা অবস্থা হয়েছিল আপনার, তাকে ছিবড়ে ছাড়া আর কিছুই বলা যায় না। আমার তো কিস্‌সু করতে পারেনি।

সমাপ্ত